MW00873871

Copyright © 2019

Space
Activity Books
For Kids

This book
belongs to

DOT TO
DOT

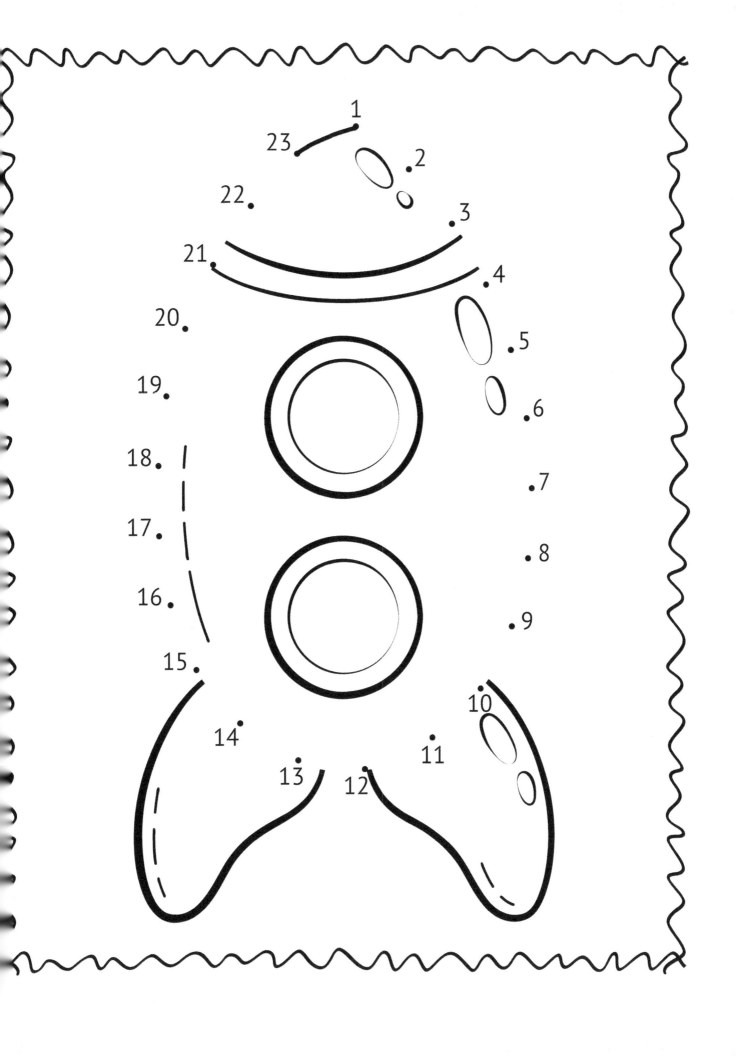

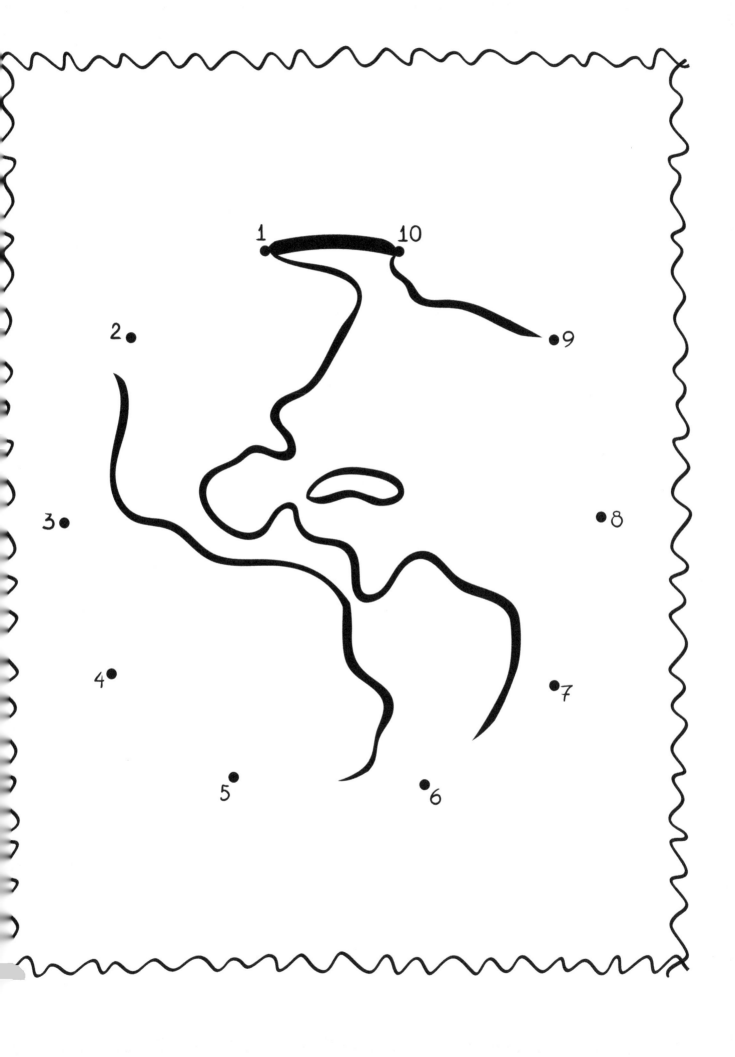

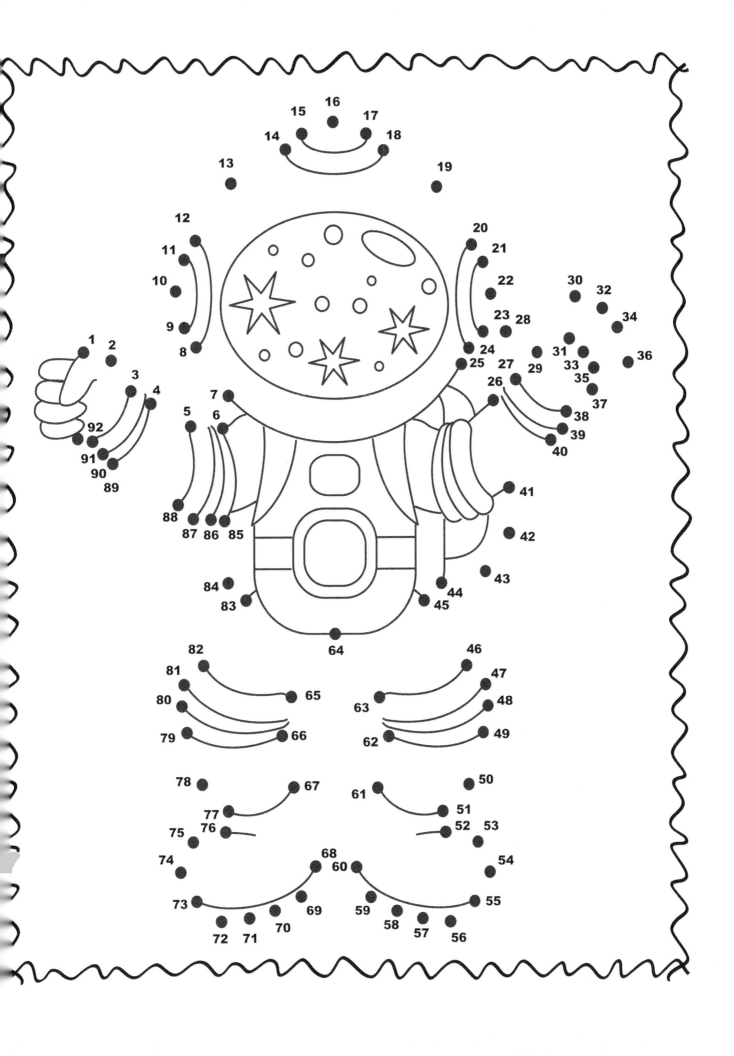

COLORING PAGES

MAZES

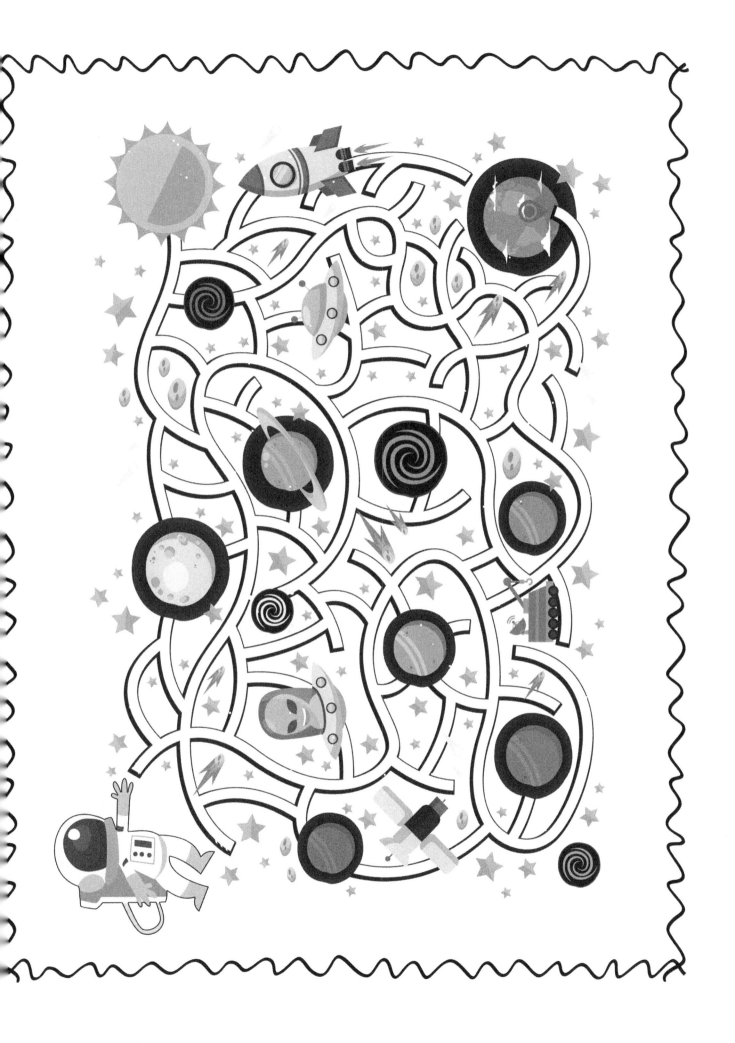

FIND THE DIFFERENCES

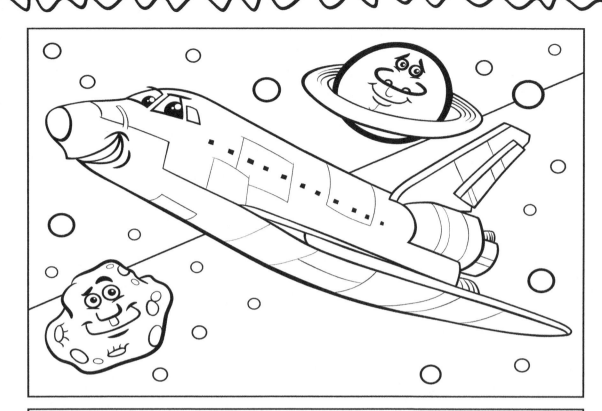

Find 5 differences

Find 5 differences

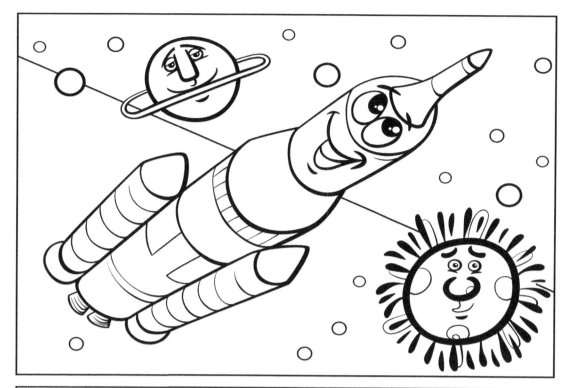

Find 5 differences

Find 7 differences

Find 10 differences

Find 10 differences

Find 10 differences

Find 10 differences

Find 10 differences

WORD SEARCHES

Word Search

```
M C L B M W B D S Z E T Z G C E X N
Y A Y L K S H G P A O U X Y O B W W
A D K A V S U B A T B A Z Z M I F F
S F L C N R S R C M P S G H E W A X
T S Y K Z C I V E O I X S L T Y Q R
E C L H A P B F C S L P U D Y Q K F
R B X O I C Y A R P T I F O W S Q R
O Q K L J U R E A H U P H K G V F U
I Z F E L U Q R F E K G I N V Y F N
D O A Y U L Y B T R D C E X O Q B A
W G L A T O M X H E W W X N U W Y F
P F M J O O N E F P Z N N T C S Z D
```

Find the following words in the puzzle.
Words are hidden → ↓ and ↘ .

ASTEROID   BLACK HOLE
ATMOSPHERE   COMET
ATOM   SPACECRAFT

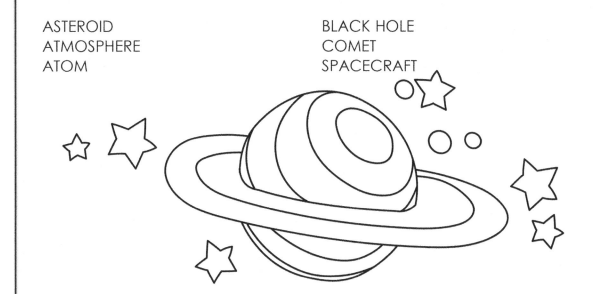

Word Search

```
Z T T K N Q V V K X F L P V P G S H
X V N E Y B R C O R O N A K R A P W
H L Z T F O X K U G R V S W O C E B
P S M R V W F K Z Z A I E W O E X
K C O N S T E L L A T I O N H S D R
D A D W A R F P L A N E T O Q M O S
T S M T C Z L Y J G E N D L C O F J
J M U M F J Z D G T R D P J N S L R
E T X Y N U F N X N C R A T E R I L
J A V C Y O Q I B T Z C N K P K G U
P V E Z H A P W F L A R E Q F B H Y
E T Q R W N J U R Z H B F A W M T M
```

Find the following words in the puzzle.
Words are hidden → ↓ and ↘ .

CONSTELLATION
CORONA
COSMOS

CRATER
DWARF PLANET
SPEED OF LIGHT

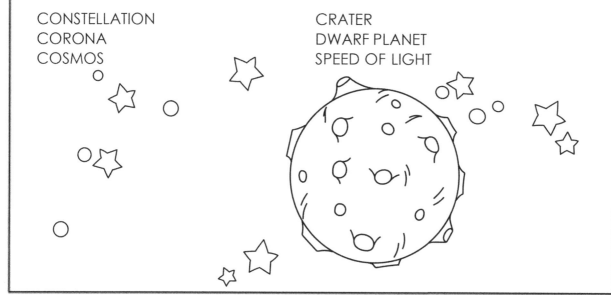

Word Search

```
I J E Q D F Q A Y B A J Y X G W B K
M X H V G F K I P I G P E V O Q J B
R F K G B N A D P W Y Y X K D Q G B
W I D B A Q S X E V J O O X E J A F
M E S Q B J D G H Z I P P R F A M H
B Q O X G I T A S T A R L I U B M B
C U R X F A L L E T S L A X V I A A
V A U K A X S A N G P C N C W K R L
B T M X J E W X P M D Y E D M Y A Y
Q O J A D O D Y V S P H T G M M Y T
X R F G P V K T S N L N L Y E P S O
F S P W L H R V N Q R K O J B V N V
```

Find the following words in the puzzle.
Words are hidden → ↓ and ↘ .

EQUATOR   GAMMA RAYS
EXOPLANET   GAS
GALAXY   STAR

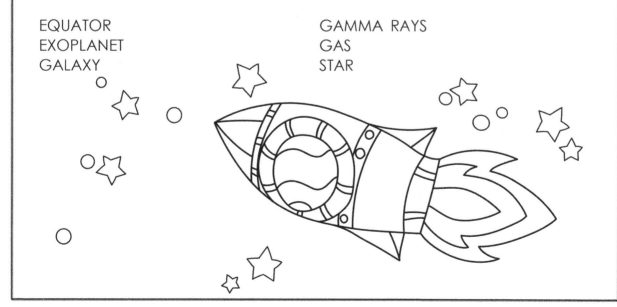

Word Search

```
P F E C X G G W P M Q B V A E R W V
Y S U E E Z H I O I N S R L N W E O
B U M A G N E T I C F I E L D L Q G
G P N W K L L I A E K U W W E G D I
W E H K V V J L I G H T Y E A R M N
Y R B Q S V V N H O M O K N Y Y V F
S N B U Z U X U Y V T O H M N W Z R
W O Z C L T F M E L W M T Y R H C A
T V S M G R A V I T Y K A K U W B R
S A P Z Q Z U P A D V H T S W V O E
E M D L Y B I J U F Y Z W B S R C D
T Q K W T A F C I T B F H B U L S Y
```

Find the following words in the puzzle.
Words are hidden → ↓ and ↘ .

GRAVITY   MAGNETIC FIELD
INFRARED   MASS
LIGHT YEAR   SUPERNOVA

Word Search

```
O J L K W U L M A M F P N W O P Y C
J Q E U Y I F I O Q M G T M Q Y Z S
Y S U G G V B C D N E C J E B L G G
S K K G V W H R D S T M A T T E R P
U N Q G Q O Q O M V E I E E Q U N N
N K P L K F P W E L O B Q O S P E A
R L L K S Q O A T L R L H R E G U Y
R H F T I I H V E L O A N I R P A X
P X I O F O I E O X I P F T U U X Q
Q L D H I P J S R O D U D E B Z C S
W Q K C Q R A Y B S E C X M Q S W Y
D K B B L J M J F W S E M U L S X G
```

Find the following words in the puzzle.
Words are hidden → ↓ and ↘ .

MATTER
METEOR
METEORITE

METEOROID
MICROWAVES
SUN

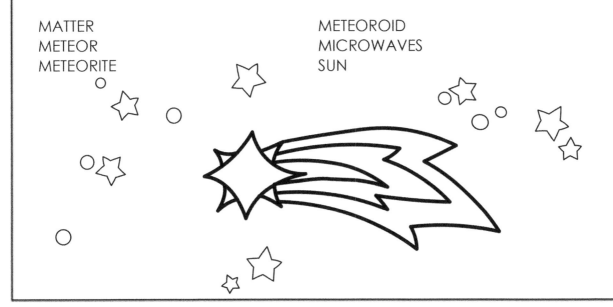

Word Search

```
T D L G O A J N M U H M O I W R T N
G D F Q Q Q S E I C C Q O N A A Y E
T N R C G M Y U C L H E R K M D W B
P O W A Y O Q T D N K G T G O I Y U
G S Z O D L G R J A X F C U O O J L
O S E K U E U O V M Z P L G N A Z A
B V K I J C U N N D Q V O U H C L E
P E B W Q U Y S Q O P I U K F T S N
A C R R O L V T M U Q Q D U J I T H
I E F A E Z A D K W K V Y J V Z W
F C T O R B I O U R W H E A V
Y H F R K Y D D B N F E C L L
```

Find the following words in the puzzle.
Words are hidden → ↓ and ↘ .

MOLECULE   NEUTRON STAR
MOON   OORT CLOUD
NEBULA   RADIOACTIVE

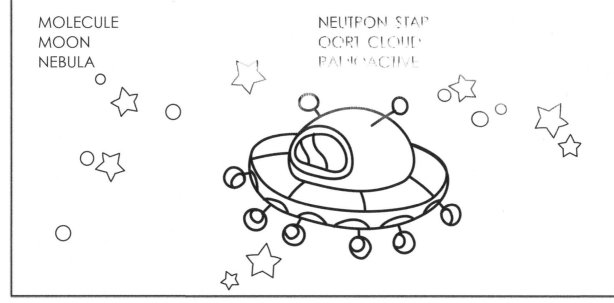

Word Search

```
M E O F P H P C A V J U E V Z Q U O
I J C O B U G L Q Y W W H M E X Z N
Q P Q C Z Q L F A J T K V G E C F S
D B B P T O U S B N W G U O F O Q S
D J X N A U N K A V E O J C H V N N
T A O C W R G E C R P T X R E S D A
E M O R R Z T C L Z X C Z B G A I K
K Y W K B E S I W A T R R J K T C W
E A A D P I Q L C U Y E A F R D U A
I D C C W L T A Y L V E J Y Z L K O
S E Q H V Q G T G J E K R C S P T B
X N W J A H A H S H M M O H H E N E
```

Find the following words in the puzzle.
Words are hidden → ↓ and ↘ .

ORBIT   PLANET
OZONE LAYER   PULSAR
PARTICLE   X-RAYS

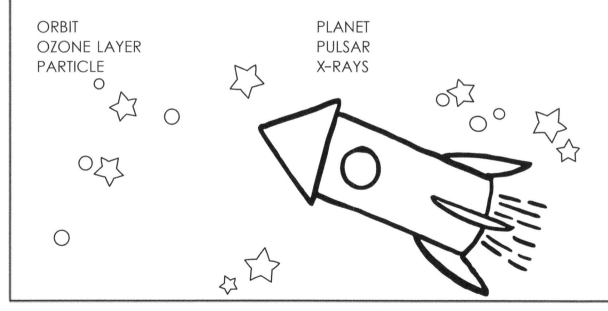

Word Search

```
T Q C L D U V H A Q T V C X R T D Y
A V A I G R R I N J U M L F A U R S
P B C N O K A O S X W A O P M S A A
A A L B N J D R J I W X S J R X D T
N V E Q C W I M P T B P I A Y R I E
Q A Z I M B O Z D K W L Q H R N A L
P C R Y G B W I X J M J E D R F T L
B U I M O E A F H C B R H L S L I I
E U N Y A U V U J E O W T I I Y O T
P M G G A Y E Q Z U P U J K C G N E
A D Z I N H S B L P V E U W M L H V
M V G Y U Y E P C O R N A E Y R J T
```

Find the following words in the puzzle.
Words are hidden → ↓ and ↘ .

QUASAR   SATELLITE
RADIATION   VACUUM
RADIOWAVES   VISIBLE LIGHT

Word Search

```
U  T  P  H  E  F  Q  O  F  P  T  B  S  S  S  U  F  I
R  L  L  Z  E  T  E  E  L  O  W  G  O  O  T  N  G  S
Y  V  T  J  N  G  S  N  G  Y  K  T  L  L  O  I  M  O
N  A  I  R  X  B  K  M  I  H  K  E  A  A  F  V  N  L
G  W  L  J  A  Q  Z  Y  E  T  Z  C  R  R  L  E  V  A
Y  T  Z  G  Q  V  Y  F  A  X  H  T  S  F  F  R  J  R
Q  L  G  Q  V  R  I  L  O  B  A  O  Y  L  X  S  I  P
M  G  A  X  K  C  G  O  I  K  O  N  S  A  G  E  O  A
C  X  F  U  J  G  Y  C  L  U  O  I  T  R  E  N  W  N
N  K  O  P  N  W  Q  V  H  E  Z  C  E  E  O  J  Q  E
V  I  B  O  V  B  G  R  N  O  T  S  M  V  H  E  I  L
B  K  T  G  E  J  L  R  A  S  Y  E  J  E  F  S  W  U
```

Find the following words in the puzzle.
Words are hidden → ↓ and ↘ .

SOLAR FLARE
SOLAR PANEL
SOLAR SYSTEM

TECTONICS
ULTRAVIOLET
UNIVERSE

Find the Differences
Answers

Maze
ANSWERS

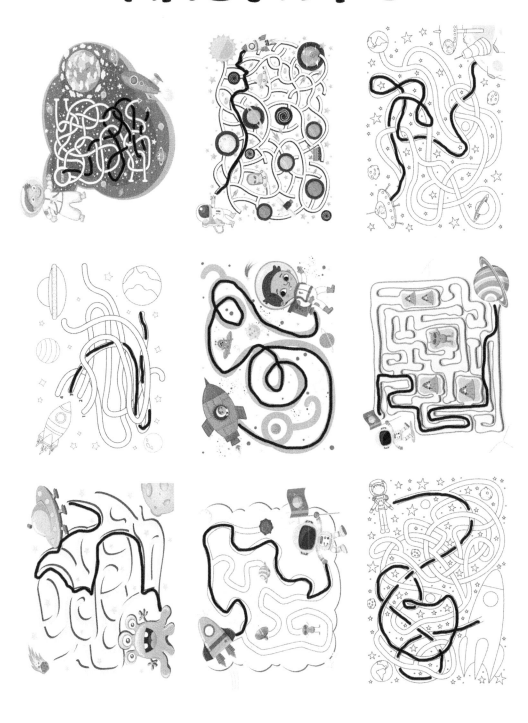

Word Search Answers

BLACKHOLE ASTEROID COMET PATH ATOM

CORONA CONSTELLATION DWARFPLANET CRATER SPACE MOONSLIGHT

EXOPLANET GAMMARAYS EQUATOR ASTAR

SUPERNOVA MAGNETICFIELD LIGHTYEAR GRAVITY INFRARED

SUN DARKMATTER

NEUTRONSTAR OORTCLOUD NEBULA RADIOACTIVE

PULSAR GALAXY COMET

VARIABLE RADIOWAVES VACUUM MAGNET

SOLARSYSTEM SOLARPANEL

Made in the USA
Middletown, DE
01 May 2020